句集

草泊

俳日記2013

宮坂静生

本阿弥書店

草泊　　俳日記二〇一三＊目次

装幀　渡邉聡司

句集

草泊

俳日記　二〇一三

一月

一月一日（火）　山寺牛伏寺《ごふくじ》へ初詣。

一盞の屠蘇眼の奥に美《ちゅ》らビーチ

一月二日（水）　次男一家爺ケ岳へスキーに。

へなへなと凍る噴水ここ信濃

浮世絵のをんな足長ざらめ雪

一月三日（木）　松本の丸善で本の買い初め。五人の小さき者と百人一首。

削り屑刃をはなれずよ春まだき

一月四日（金）　子どもたち帰る。仕事始め。

一月五日（土）「一九八九年の丸山真男」（「すばる」二月号）を読む。

人間を襤褸となすな読始め

一月六日（日）選句、序文書き。ふとある年を思い(1)。

六日年《むいかどし》母の若さを恃みゐし

一月七日（月）　七草、ふとある年を思い(2)。

皸《あかぎれ》の膏薬足りたるか父よ

一月八日（火）　安曇穂高の山の湯へ。

湯に浸かる間も寒猿の木に下がる

一月九日（水）　松本歯科大へ。

初虹や石膏を嵌め歯型とる

一月十日（木）　諏訪へ、句会二つ。

わかさぎの空揚げ贈る恐竜へ

一月十一日（金）　松本と岡谷へ、句会二つ。

天上はからつぽ初音身ほとりに

一月十二日（土）　長野へ句会ほか。「霜折れ」は霜つよき日の曇り空。

霜折れや木の根草の根からみ合ひ

一月十三日（日）　あすの「岳」新年大会のため関東勢来る。松本入山辺徳運寺の厄除へ。

どんど焼荒れ放題の山ばかり

一月十四日（月）「岳」新年大会、一五〇名盛会。大雪（三〇センチ）。

赤松の幹の淑気を讃へ合ひ

一月十五日（火）　大雪の中、長野へ。

雪田は捨てたる舟の形かな

一月十六日（水）　上京、現代俳句協会幹事会。都心も屋根に雪。

東京に宙がもどりて雪茜

一月十七日（木）『岳俳句鑑Ⅳ』（アンソロジー）序文を記す。「いぶりがっこ」は燻製の大根。

いぶりがつこ食《と》うべ齢のけぶり出す

一月十八日（金）角川「短歌」「俳句」新年名刺交換会へ。

諏訪富士のよべの深雪に退《すさ》りゐて

花の内子どもの貌がいそぎんちゃく

一月十九日（土）逗子、長女の子どもたちと。「花の内」は松の内が過ぎて一月末まで。

老幼はいのちたのしみ寒稽古

一月二十日（日）ＮＨＫ全国俳句大会。渋谷ＮＨＫホール。

一月二十一日（月）日比谷松本楼、東雲句会十周年。

女《によ》犯《ぼん》親鸞のごときよ大枯銀杏

一月二十二日（火）家居、夕刻すこし歩く。

就中《なかんずく》松罪深し寒土用

一月二十三日（水）　NHK文化センター松本講座「歳時記を楽しむ」（虚子句集講読）。

風船につめし空気も赤らむか

一月二十四日（木）　NHK文化センター松本講座「芭蕉と現代」他、木曾屋夕食。

大寒や幽門をいま鯉の骨

叩く・さする・さはる転んで寒参

一月二十五日（金） 善光寺、びんずる尊者。

地下室に桟《さん》俵《だら》法《ぼっ》師《ち》風《ふう》邪《じゃ》除け

一月二十六日（土） 茅野での句会の後、逗子へ。

一月二十七日（日）　四ツ谷番町小学校での石蕗の会、あと深川芭蕉庵で
関東支部句会。

鳥の歌廊下に掲げ冬休み

一月二十八日（月）　下諏訪赤砂崎へ、御神渡り見物。矢島恵案内。

御神渡ひかるは神も好々爺

薪にもならぬ氷柱が薪小屋に

一月二十九日（火）パソコン故障、小林貴子に見て貰う。

冬山へいのち担ひて入りにけり

一月三十日（水）「岳」二月号発行、坂口昌弘著『平成の好敵手』書評を書く。

一月三十一日（木）　上野東天紅で現代俳句大賞選考会。

大賞は鬼怒鳴門《キーンドナルド》睦月尽

二月

二月一日（金）　ドナルド・キーンへ電話。現代俳句大賞受諾との報。

いくばくの髯剃りて枯れ身に添はず

二月二日（土）　松本の丸善へ。妻が長男の子へプレゼント『あゝ無情』を。

ジャン＝バルジャンいまもこころに春隣

二月三日（日）「岳」二月例会、長野サンパルテ山王。節分。

本に逃げ込みたる鬼は豆打たず

二月四日（月）『親鸞とその時代』（平雅行）を読む。

愚《ぐ》禿《とく》親鸞足《あ》音《おと》から春立ちにけり

二月五日（火）カメラマン内堀たけし来松。浅間温泉菊の湯。マンガ集団の宿。

のぼる・治虫《おさむ》・あんぱんまんも雪見酒

二月六日（水）家居。雪。

薄氷を透して動きゐるは何

子は父母のかなしみ知らず凧

二月七日（木）諏訪へ。戦中・戦後を思うことしきり。

勾玉の出土に湧けり春一番

二月八日（金）「俳壇賞」パーティ、受賞唐澤南海子。

侘助の国捨てベトナムの闇へ

二月九日（土）茅ヶ崎開高健記念館へ。川村五子グループと。

供養する針なしフクシマを救へ

二月十日（日）家居、選句。

二月十一日（月）句集序文二つ書く。

味噌麺麭《ぱん》を貰ひし日なりきさらぎの

二月十二日（火）穂高の山の湯しゃくなげ荘。

湯揉み板使ひ込みたり日脚伸ぶ

二月十三日（水）　未明に雪、日中日ざしつよくなる。夕方こまくさ句会。

剪定のぶだうよ不自由こそ自由

二月十四日（木）　句会三つ。花神社へ『拝啓静生百句』のため色紙百枚送る。

松の根の明きたり中嶋嶺雄の死

二月十五日（金）岡谷病院に小口理市（前「岳」事務局長）を見舞う。

点滴のゆつくり春の歩みほど

二月十六日（土）葉山の子の家へ。

ふりちんの子がつかまらず桜鍋

二月十七日（日）関東句会二つ。『現代日本思想論』（安丸良夫）を読み出す。

鰐狩の足を洗ひて渡り漁夫

二月十八日（月）句集『風車』、第六十四回読売文学賞受賞和田悟朗（化学者）

H_2O究めて廻す風車

二月十九日（火）　家居、選評書き。

マッチ擦り恋泥棒の猫に投ぐ

二月二十日（水）　上京、現代俳句協会幹事会。ペルー土産（関千賀子）貰う。

太陽は火の車なり野が焼かれ

二月二十一日（木）佐久の歴史家伴野敬一に『芭蕉年譜大成』を呈上。

雪ねぶり黒曜石は流離の身

二月二十二日（金）歌舞伎「賀の祝」松王・梅王を思う。

口げんくわ負けてくやしや二《に》の替《かわり》

二月二十三日（土）病床の小口理市に「岳」三十五周年功労賞を贈る。

江田島の彼方に春の雲を見て

二月二十四日（日）旧松本高校教室で講演〈これからの俳句〉（甲信現俳協総会）。かつて桑原武夫を囲み座談会をした処。

彼岸西風桑原さんの渋り声

二月二十五日（月）　松本歯科大へ。

囀や疼きさしくる歯の透視

二月二十六日（火）　トルコのイズミルからギリシャの丘を遠望した日のことを。

コスモスを蒔くホメロスの丘を恋ひ

二月二十七日（水）体調やや不良。

霾《つちふ》ると壺に赤字の歔《きょ》欷《き》のこゑ

二月二十八日（木）「岳」三月号発送。

菠《ほう》薐《れん》草《そう》湯搔けばことば溢れ出づ

三月

三月一日（金）句会一つ。もう三月という思い。風邪気味。

流氷の軋みアイヌは遠き祖《おや》

三月二日（土）長野東急カルチャー句会ほか。

余震夜々雪に楮を晒しあり

三月三日（日）　鎌倉へ。第六十五回実朝忌俳句大会。

実朝も刺客も老いず木の芽どき

三月四日（月）　書類整理。

税申告せよと立子忌きのふ過ぎ

三月五日（火）句会二つ。岳集選句。

林檎の木矯《た》めて糺《ただ》すや選句中

三月六日（水）上京、現代俳句協会幹事会。東日本大震災の作品集を出す話など。

たましひに躓く春の気仙沼

三月七日（木）諏訪に句会二つ。岳集選句つづく。

水ばしら湖のまなかを春颸《つむじ》

三月八日（金）句会二つ。「俳句」（角川書店）連載稿〈山の思想〉を書く。

狼の恨みや山火衰へず

三月九日（土）塩尻市俳句大会講演〈3・11以後これからの俳句〉。

しづかさは葭の角組む騒ぎかも

三月十日（日）「岳」三月例会。諏訪湖ホテル。小口理市逝去。

手の窪にのる諏訪盆地鳥帰る

三月十一日（月）　山本源（「岳」同人会長）と天龍川のほとり小口家へ弔問。

雪代の蒼さ沈めてうごかざる

三月十二日（火）　糸魚川の齊藤美規宅を弔問。山並みは痩馬のごとし。

斑雪嶺の昏らむいづこも背《せ》撓《たら》馬《うま》

三月十三日（水）理市葬に弔辞をよむ。大人であった。岡谷照光寺（前住職宮坂宥勝）。

高空に燕がひかる理市の葬

三月十四日（木）句会三つ。

チベットの砂曼陀羅に蝶乱舞

卒園の子もその母も一つ宙

三月十五日（金）孫璃子《りこ》「青い鳥」卒園。母陽子謝辞を述べる由。

鳥獣魚あつまる春の磯

三月十六日（土）立川、朝日カルチャーへ。逗子泊。

三月十七日（日）　四ツ谷で石蕗の会、あと深川芭蕉庵で関東支部句会。

猫の子の逃げ込む暗渠麹町

三月十八日（月）　信州大学病院耳鼻咽喉科工《たくみ》ドクターに診て貰う。異常なし。

口腔は螺旋階段ヒヤシンス

三月十九日（火）「岳」三十五周年記念号巻頭言を書く。

種《たね》桶《おけ》か washable《ウォッシアブル》 Blue《ブルー》 インク瓶

三月二十日（水）彼岸。

鰭切られ狂ひし鰒《ふぐ》の供養せず

三月二十一日（木）　いせひでこ『チェロの木』（偕成社）送らる。

切株の非《ひ》業《ごう》を癒す春の鳥

三月二十二日（金）　茅野での句会の後上京。山の上ホテルで友人を招き夕食。

太陽に突掛りたる石鹸玉

三月二十三日（土）　現代俳句協会総会、懇親会盛会。上野東天紅。

夜ざくらのうめきや幹の漆黒は

三月二十四日（日）　家居。

北斎漫画半日朧身に及ぶ

三月二十五日（月）　電気記念日。

卓袱台に春月電球《たま》がよく切れし

三月二十六日（火）　小林一茶生誕二五〇年記念講演レジメ作り。

凡夫一茶遍路のこころ抱きつづけ

三月二十七日（水）第十六回スズキメソード世界大会記念（三歳の子どもから）
松本美術館でのいせひでこ『チェロの木』原画展。

チェロになる木も三歳の芽吹きから

三月二十八日（木）講座「芭蕉と現代」。寿貞に関する書簡を読む。

まさ・おふう永久《とわ》に杉菜かわれも又

三月二十九日（金）「岳」三十五周年記念号発刊。

あの頃の湘子は春の鷹匠か

三月三十日（土）スズキメソード世界大会、柳田邦男のトークをきく。

筍を一撃に天落ちにけり

三月三十一日（日）　スズキメソード世界大会〈一茶俳句の世界へのメッセージ〉講演。

花冷えは放射能冷えセロ背負ひ

四月

四月一日（月）　句会二つ。

海山のひしめく女体《おみな》三鬼の忌

四月二日（火）　長野みどりカルチャー教室「芭蕉全句を読む」、他に句会。

姨捨の古草べつとりと圧《お》され

四月三日（水）家居、疲れいささか。円城寺龍句集序文を書く。

アテルイの地へ鶯を放ちけり

四月四日（木）璃子一年生。兄元《げん》六年、昂《こう》三年。

木のぼりを止めて少女や入学す

四月五日（金）上京、逗子へ

花仰ぐこころ決まらず俯《うつむ》きゐ

四月六日（土）浜離宮恩賜庭園吟行。八代将軍吉宗、象を飼う。

春興にベトナム象を飼ひしとか

四月七日（日）「岳」四月例会、千駄ヶ谷、日本青年館。帰途突風のため大荒れ。

御《ぎょ》衣《い》黄《こう》とふみどりのさくら見しが仇《あだ》

四月八日（月）家居。仏生会。

虚心より無心におはす甘茶仏

四月九日（火）『満州浪漫―長谷川濬《しゅん》が見た夢』（大島幹雄）を読む。

恨みつらみよ煉獄の桃の花

四月十日（水）家居。月昏し。

鰤鎌を穿《ほじ》りて四月新月よ

桜隠し紺青の空いたいたし

四月十一日（木）満開のさくらに雪。「桜隠し」という。

木蘭もバナナの皮もあかんべーい

四月十二日（金）句会二つ。

四月十三日（土）　長野東急カルチャー教室句会ほか。

山脈の意志はごつごつ芽吹き靄

四月十四日（日）　安曇野有明、八面大王の魏《ぎ》石《し》鬼《き》の窟《いわや》を見る。「笹起きる」は笹の雪解。

窟《あな》どれも鬼の隠《かくれ》処《が》笹起きる

四月十五日（月）　諏訪上社前宮御頭祭《まえみやおんとうさい》。

酉《とり》の祭神饌《みけ》の雉子の目紙貼られ

四月十六日（火）　上京。新宿伊勢丹。

さつきまで芳草のことスーツ購ひ

四月十七日（水）　神田に古本『近藤日出造の世界』（峯島正行・青蛙選書）を求める。父が日出造と長野県稲荷山小学校同級仲よし。

日出造も父も丁稚や草団子

四月十八日（木）　句会一つ。

治聾酒に酔ひて極楽蜻蛉かな

四月十九日（金）「岳」三十五周年記念大会の土産のチーズ手配。フロマージュチーズ工場へ。

完熟のチーズいきものの春夕焼

四月二十日（土）逗子へ。『大正俳句』（富安風生）再読。おもしろい。

風生の老こそ華か望潮《しおまねき》

四月二十一日（日）帰松。『拝啓静生百句』（小林貴子との共著・花神社）できる。

しかと本抱きつ田蛙はまだか

四月二十二日（月）雪どけ。松本歯科大で歯の治療。

口中も普請のさなかわが踏絵

春の蚊に螫されて一茶南無阿弥陀

四月二十三日（火）　信濃毎日新聞記者、一茶のことを取材に。

芋棒のくつつき合ひて離れざる

四月二十四日（水）　講座「歳時記を楽しむ」。あと、京料理のこと。

春《はる》挽《ひき》糸《いと》坐繰り一日見て飽かず

四月二十五日（木）講座「芭蕉と現代」、他句会一つ。小学生の日。

躑躅みな蘂をつき出し港晴れ

四月二十六日（金）上京「港」二十五周年記念大会。ホテルインターコンチネンタル東京ベイ。

四月二十七日（土）秋の穂屋祭の地、八ヶ岳山麓へ。蝮草を見る。

男神蛇の大八首擡《もた》げ

四月二十八日（日）家居。

雪形は山の文身《いれずみ》かなしかり

四月二十九日（月）「若葉」千号大会の講演レジメ作り。

金槌で釘を伸ばすが昭和の日

四月三十日（火）「俳句界」十周年記念大会。富山の久保家より筍とどく。「岳」五月記念号発刊。

掘り上げし筍を抱くありがたう

五月

唇の塩舐めメーデーのあの陽

五月一日（水）句会一つ。

青葉闇はじまる道化筋の家系

五月二日（木）諏訪へ、句会二つ。

五月三日（金）「岳」三十五周年大会用カメラマン内堀たけし来松。安曇野へ。

わが憲法代田水田に岳映り

五月四日（土）長野へ、句会二つ。

水に倦み宙に跳び出て鯉泳ぐ

五月五日（日）千曲市桑原の菩提寺のわが墓域へ。

山ざくら無縁仏に酒濺《そそ》ぎ

五月六日（月）上京、あす「若葉」一千号大会。

くらがりに服を休ます立夏かな

五月七日（火）　講演〈虚子と風生―大愛のこころ〉（「若葉」大会）

赤富士に遇ひたし粥を一《ひと》片《かた》食《け》

五月八日（水）　帰松。庭に蝮草。

その草の蛇性の淫を忘るまじ

五月九日（木）句会三つ。山岳写真集『秀峰百景』（林宰男）推薦文を書く。

桃嫩葉翳をこぼさず幹に留め

五月十日（金）句会二つ。「岳」拡大企画会議。

ぶらさがる健康器具や青葉木菟

五月十一日（土）立川へ。俳句カレンダーのこと、松尾正光と。

七曜に縛られ蕨狩忘る

五月十二日（日）スズキメソード音楽葬、中嶋嶺雄お別れの会。

葬送の弦が揃ひぬ百合眞白

五月十三日（月）　岳集選句。

雲海の沖に暾《ひ》が出づ転《まろ》びけり

五月十四日（火）　記念パーティーのために軽井沢へ料理の下見に行って貰う。

夏料理魔法使がキーウィ載せ

五月十五日（水）　野菜苗少々植える。

瓜苗にそそぐ一掬身が透くる

五月十六日（木）　午後逗子へ。

茄子苗の一夜によろけ叱りけり

五月十七日（金）　羽田空港より高知、四万十市へ。銀魚は「ひいらぎ」とも。

空港に銀魚《にろぎ》購《もと》むる青土佐よ

五月十八日（土）　講演〈これからの俳句〉（第二十一回四万十市全国俳句大会）、たむらちせい、亀井雉子男に会う。

土《と》佐《さ》人《っぽ》はたれかれ龍馬獺祭《おそまつり》

五月十九日（日）帰松。

四《し》万《まん》十《と》の鯒《ごり》の恨み目消え残り

五月二十日（月）「岳」記念大会のため色紙を書く。

わが拙を覇気もて包むががんぼよ

五月二十一日（火）　句会二つ。

夕焼雲土を踏まざる悔《くい》かすか

五月二十二日（水）　真夏の一日。

信濃太郎どかと蜷局《とぐろ》を巻きゐたり

五月二十三日（木）　四万十市からの荷。

螢火を付けて硯を贈られし

五月二十四日（金）　あすのため軽井沢プリンスホテルへ。

鷹戻る浅間山の素顔機嫌よき

五月二十五日（土）「岳」創刊三十五周年記念大会軽井沢。三次会まで。

夜《や》叉《しゃ》五《ぶ》倍《し》子の滴り集ふ火山麓

五月二十六日（日）来賓有志と南軽井沢ほか。

彌生子居の日焼け畳にかたつむり

没日後の山熟れゐたり星鴉

五月二十七日（月）大会余蘊《ようん》。

朋友信ありて蛞蝓飼ひ馴らす

五月二十八日（火）作曲家飯沼信義の「バス一二〇景」の絵画展を見に。夕方ふと栗原利代子のなめくじ好きを思う。

五月二十九日（水）　松本歯科大へ。

口内にブリッジ架り夏の月

五月三十日（木）　句会一つ。午後上京。

まくなぎの地より高さを測りをり

五月三十一日（金）国際俳句交流協会、講演〈一茶俳句の世界へのメッセージ〉（浜松町）。

南無阿弥陀唱へ蚰《げじ》蜒《げじ》一茶かな

六月

六月一日（土）　長野へ、句会二つ。川中島あたり。

夏《なつ》暁《あけ》の大河鎮めの靄一縷

六月二日（日）　現代俳句協会関東甲信越地区ブロック会議（松本）。

月を得て青葦の丈緊まりたる

六月三日（月）句会一つ。信濃毎日新聞記者「岳」三十五周年取材。

ハムスターくるま駆くるよ麦刈り日

六月四日（火）長野へ、講義と句会。

植田寒火の見の鐘に手が届く

歯を抜くにむかし鋏《やっとこ》さつとこ虹

六月五日（水）松本歯科大へ。歯の抜糸。

芍薬のくづるるさまを詠めとこそ

六月六日（木）諏訪へ。「柳宗悦展」（松本美術館）に感銘。

六月七日（金）安曇へ。

飛驒牛を食はす真黒き紗の日除

六月八日（土）長野、一茶俳句の講演一二〇分。孫元、六年生の修学旅行の話をしに来る。

梅雨湿るビスケット一枚の土産

六月九日（日）「岳」月例会（松本）。

笑はせてどこか覚めゐし火取虫

六月十日（月）吉野山へ桜木支援のための色紙を書く。

苗木万象そのひと本は黄泉《よみ》苞に

六月十一日（火）「岳」三十五周年、内々の慰労会。吟行用ズボンを購う。

この夏の真《ま》潮《しお》思へりチノ・パンツ

六月十二日（水）野菜に追肥。

おたんこ茄子誉めて鶏糞与へたり

六月十三日（木）　句会三つ。ふと土佐のこと。

茂《しげり》山《やま》分けて土《と》佐《さ》久《く》礼《れ》深《み》草《くさ》谷《だに》

六月十四日（金）　句会二つ。あす北海道へ。

空港にいつぱいの薔薇詰まりをり

六月十五日（土）帯広へ。鈴木八駛郎、石川青狼と会う。

大藷の葉が祝盃や十勝なり

六月十六日（日）第二十二回東北海道俳句大会（現俳協）、講演。

駅馬車来ジューンベリーの赤き実へ

六月十七日（月）　釧路湿原。

鶴を呼ぶさみしきことを生業に

六月十八日（火）　句会一つ。上山田温泉ホテルから選句依頼に。

山稜の暑気が下りくる千曲《ちくま》川まで

六月十九日（水）　上京。現代俳句協会幹事会。

焙烙に胡麻の泣きごゑ夏念仏

六月二十日（木）　帰松。ふと葉山在、晩年の女優のことを。

杉村春子西日の戦後忘れきし

六月二十一日（金）句会一つ。

夏至の市レーニン全集一括り

六月二十二日（土）横須賀まで。

ペンケース失せしや梅雨の海螢

六月二十三日（日）関東句会二つ。

花火音一つ一つが裏返り

六月二十四日（月）家居。

メロンよりメロンの臓《わた》の老けてをり

六月二十五日（火）　矢ヶ崎奇峰宛子規書簡見つかる。

子規書簡梅酒の梅の灰かなり

六月二十六日（水）　講座「歳時記を楽しむ」他。北海道余蘊《ようん》。

触るるよりしびれ釧路の青木賊

花魁は土下座も辞せず蟇

六月二十七日（木）講座一つ。句会一つ。信濃毎日新聞記者取材。

岬山の古墳に添寝明易し

六月二十八日（金）逗子へ。あす鹿児島へ。

六月二十九日（土）　鹿児島へ。

隆盛も滴る山のひと雫

六月三十日（日）　第二十二回藤後左右俳句大会、講演他。高岡修と会う。

六月の夜空支へて桜島

七月

七月一日（月）　高岡修の案内で薩摩半島長崎鼻まで。

知覧まで草みちをゆく七月は

七月二日（火）　長野へ。鹿児島の思いつよし。

開聞岳鳴かざる蟬のふえてをり

はらからを南国に置き花蘇鉄

七月三日（水）家居。特攻兵として戦没した上原良司を思う。

鶹の子の絡む青粉と闘へる

七月四日（木）諏訪へ句会二つ。湖を歩く。

宿老に南瓜雄花を貰ひくる

七月五日（金）句会一つ。小雨の中、少々南瓜の世話。

ぼろぼろの信天翁《あほうどり》より梅雨明くる

七月六日（土）猛暑三十五度。長野へ。

七月七日（日）「岳」七月例会（塩尻）。その後諏訪湖一周。

夕方の運気うつろや繁る菱

七月八日（月）句会二つ。エジプト政情不穏。

青葦の国を二つにクーデター

ホモ・サピエンス砂漠に生まれ夏の朝

七月九日（火）暑さいよいよ。編集会議。西脇順三郎張りに。

灼け雲のぞろりと冥し山の湯に

七月十日（水）今日も三十五度の猛暑。夕方浅間温泉へ。

麒麟とも犀とも夏雲の信濃

七月十一日（木）松本村井句会六〇〇回、二十五年祝。

梅の実の穫れし繁みを讃へたる

七月十二日（金）岡谷、矢島惠句集『邯鄲の宙』祝。

七月十三日（土）　あす長野「岳」支部糸魚川吟行のため、長野泊。

ティッシュペーパー出かかつてをり海に鱝

七月十四日（日）　糸魚川は相馬御風居にしばし。

日表に合歓咲き御風さみしきや

七月十五日（月）　いっときの暑さ去る。

凌霄は散華ばかりを思ひをり

七月十六日（火）　突然、某たくさんの軸を持ち金策にくる。

どさつと書画持ち込まれたり昼寝起

七月十七日（水）　きのう眼鏡を新しくする。

馴るるまで蝙蝠気分眼鏡替へ

七月十八日（木）　塚原訓生、朝どり野菜を持参。

葉付玉葱置き棟梁ののろけ行く

七月十九日（金）　穂高の「森のおうち」（絵本館）へ。

生きるつもりブルーベリーの苗木購ひ

七月二十日（土）　立川へ。あずさ号車中気分わるし。暑気あたり。

毛細管に白き血流れ暍《えつ》かとも

新樹より青葉へ風の橋架かり

七月二十一日（日）関東句会二つ。支部役員交替。

およすくはぴゆんと熱出す子の夏よ

七月二十二日（月）葉山から孫隈本圭佑（三歳）遊びに来。「およすく」はおませ。

七月二十三日（火）　わが体調もう一つ。

静かなる柱建ち上げ銀やんま

七月二十四日（水）　長女とその子愛、圭佑と松本郊外で少食。

臓器みな操り歩む夏の雨

七月二十五日（木）　松本波田の名品西瓜を丸山貴史・公子夫妻より頂戴する。

窈《よう》然《ぜん》と西瓜畑のけぶりをり

七月二十六日（金）　相馬御風の母ちよが御風の字を評す。

下手な字を生《しょう》薑《が》といへり生《しょう》姜《が》好き

七月二十七日（土）子の家新築、ふと阿蘇行の日を思う。

子の家も星に近きか草泊

七月二十八日（日）高山へ。九十歳を迎える住斗南子元気。

囮鮎飛驒は円空仏の国

七月二十九日（月）高山からの帰途、島々谷の珈琲店で。

遠き夏永井隆の淡彩画

七月三十日（火）京都のギャラリー「創」の山本順子来松。過日の某を紹介。

夏さぶや贋作あまた見し荒《すさ》び

七月三十一日（水）　朝肩甲骨鈍痛。野菜ことし一番の収穫か。

火の脇に畑採り立ての蕃茄《とまと》・茄子

八月

八月一日（木）諏訪へ句会二つ。海を見たき思いしきり。

海原の耕されたる八朔へ

八月二日（金）句会一つ。小学生の頃遊んだ松本千鹿頭《ちかとう》湖畔へ。

稔るとは熟《こな》るることよ青山河

八月三日（土）　小諸へ日盛り会。パネル・ディスカッションに参加。

鯉危《あや》むるたゆたに夏の闌けゐたり

八月四日（日）　チーズ工房を見て、「岳」八月例会（長野）

青黴の息生ぐさしチーズ好き

八月五日（月）句会二つ。

百年も袋掛けゐて不減口《へらずぐち》

八月六日（火）宵、穂高の「森のおうち」で佐藤光のチェロ、いせひでこのトークを聴く。

木の性がチェロに沁みゐて森の夏

祖母逝きし空襲の夜の七夕よ

八月七日（水）掃苔に元、璃子と。よく働く。祖母の命日。

八月八日（木）句会三つ。「面輪板」は城下町松本の七夕飾り。古本屋をのぞく。

面《おも》輪《わ》板《いた》天《あめの》鈿《うず》女《め》に齢なき

八月九日（金）　句会二つ。

向日葵の一本立ちは誰が墓標

八月十日（土）　立川へ。次男一家（等・久恵・岳・拓）仙台より来る。

桃に刃を当つる一瞬が永し

八月十一日（日）　美ヶ原高原頂上へ、小林貴子編集長と取材に。

のりうつぎ花の終りは戦場か

八月十二日（月）　きのうが父の命日。

ゆつくりと佛齢とる酢橘《すだち》の香

八月十三日（火）小さき者集まる。大分から貝の荷とどく。

檜扇貝開くる夕べが盆の入

八月十四日（水）家居。

螻《け》蛄《ら》笑ひ鳴く墓処住み易し

八月十五日（木）兄弟たち盆見舞いに来る。

敗戦夜闇いきいきと大櫟

八月十六日（金）家居。

類人猿以来送火を焚くか

八月十七日（土）上京。ヴィヴィアン・リー「哀愁」をふと。

踊り子と逐電杳と果て知らず

八月十八日（日）句会二つ。小さき者夏休み終る。

湖の汀仄かや色鳥来

兜虫逃ぐる日月子に短か

八月十九日（月）元誕生日、十二歳。

飯《めし》処《どころ》蔵ころころが鳴き出すよ

八月二十日（火）夕方妻と外食。

八月二十一日（水）「岳」編集会。

馬刺食ぶ漆黒の秋来たりけり

八月二十二日（木）親戚の葬儀、姪に会い相手さがしを激励。

相性は海派山派や蜘蛛合はせ

八月二十三日（金）　雷鳴の日、妻親不知抜歯後腫れる。

守宮鳴く背筋をぽんと叩かれし

八月二十四日（土）　諏訪「風樹文庫」で講演。

鼻据わる岩波茂雄冷し酒

トンネルを出ることばかり牛蛙

八月二十五日（日）家居。

お月さまほどに疲れて月夜茸

八月二十六日（月）夕方歩く。

八月二十七日（火）　こまくさ句会（浅間温泉菊の湯）納涼。

酔漢の凭るる柱露の世に

八月二十八日（水）「樗堂と一茶」稿まとめる。西川徹郎より大冊二冊。

柞《いす》の木に笛吹童子籠るてふ

松葉牡丹眼鏡のレンズ薄くしつ

八月二十九日（木）　こまごまと。

鏡にも裏ありて暑の溜りたる

八月三十日（金）　上京。やまなし国民文化祭選句（東京メルパルク）。

八月三十一日（土）「陸」（中村和弘主宰）四十周年記念大会に（中野サンプラザ）。能「猩々」（當山孝道）おもしろい。

ひと夏の翅音たつぷり聞きしかな

九月

稲の穂の丈の揃ふは愛しかり

九月一日（日）「岳」九月例会（上田）。遠藤一巳《ひとみ》のケーナの演奏を聴く。

東雲やしなのの栗の二《ふた》籠《ご》もり

九月二日（月）同人会長佐藤映二就任。本井英来松、歓談。

九月三日（火）　長野へ、句会二つ。

このごろの蟋蟀に落ちし飛翔力

九月四日（水）　主治医井口欽之丞ドクターによる健診良好。

プルーンは弾《たま》かその種鏃《やじり》なす

猪《しし》のぬた場へフクシマからの一家が来

九月五日（木）　諏訪へ、句会二つ。東北からの移住者しきり。

鯉濃や山椒に青実付き初むる

九月六日（金）　鯉濃を貰う。妻の母の得意料理であった。

少年に倒立難し雲は秋

九月七日（土）長野へ、句会二つ。柄谷行人「遊動論—山人と柳田国男」（「文学界」連載）読む。元、倒立に挑戦。

太陽《てだ》が好き榠樝《かりん》挙りて葉より出づ

九月八日（日）早朝、東京オリンピック開催決定。諏訪八島湿原吟行。

九月九日（月）　友人百瀬光正へ自著『正岡子規と上原三川』を呈上。

江戸城天守再建せむと風祭

九月十日（火）　家居。散策。

紀元前より姥百合の実は冥し

九月十一日（水）　妻が鹿教湯《かけゆ》へ姉を見舞に。

鹿の身の菩薩その目は観世音

九月十二日（木）　句会三つ。暑さふたたび。

句会から句会へ梯子鳥威し

九月十三日（金）　句会二つ。上京。

青松虫や海月なす灯の波止場

九月十四日（土）　横浜で講演〈一茶から学ぶ〉。夕方松山空港へ。台風来。

台風圏臍のあたりが松山か

九月十五日（日）　子規記念博物館で講演〈一茶の西国行脚〉、その後、庚申庵（栗田樗堂）、一草庵（種田山頭火）と見学。

庚《こう》申《しん》庵泥鰌きよとんと秋の貌

九月十六日（月）　台風直撃。大正十二年きょう大杉栄の死。

朱に焦がす捨身の雲や大杉忌

九月十七日（火）　家居。台風一過。

草谷に秋色の沼晏如なき

九月十八日（水）　横浜で入門講座レクチャー。夕方より現俳協幹事会。

お天気がすつくと佇ちて秋の宙

九月十九日（木）家居。何十年に一度の望月。

鑑真も空海もゐる月の中

九月二十日（金）家居。夕方より「岳」同人選考委員会。

湿原に霧が走るといふことを

九月二十一日（土）　立川へ。

甲斐《かい》駒《こま》ケ岳の鬼《おに》薇《ぜんまい》の威を讃ふ

九月二十二日（日）　石蕗の会、二句集（伊藤了世・村瀬妙子）上木祝。

オリーブの実を嚙み今生の祝ひ

九月二十三日（月）逗子なぎさエールで、愛ピアノ発表会。

秋彼岸鍵盤の音よく拾ふ

九月二十四日（火）神奈川県立美術館葉山分館（戦争美術展）へ。

シュレーゲルアオガエル地下壕の戦時

九月二十五日（水）　松本市山辺の中沢ぶどう農園へ。死ぬまで戦後と。

葡萄づくり強制収容所《ラーゲル》の夜の呻きなど

九月二十六日（木）　芭蕉講座と句会一つ。

巣箱は鳥も獣も露を帯び

松茸を拝み珍陀の酒を思ひ

九月二十七日（金）島々谷の松茸を貰う。「珍陀《ちんた》の酒」（赤ぶどう酒）。

尾崎喜八あさぎまだらの手配師か

九月二十八日（土）富士見へ。「昼夜の大いなる国」（喜八）という。

河骨の実をもち崩す水の中

九月二十九日（日）「岳」松本支部、井戸尻遺跡から清里へ吟行。

あをだもの木肌さすりて九月尽

九月三十日（月）横浜で講演。昨日の高原行すこぶるよし。「小葉梣《こばのとねりこ》」の異名を知る。

十月

十月一日（火）長野へ、句会二つ。

山稜のかぶさるは秋深みたり

十月二日（水）松本老人大学講演の後、穂高の高橋節郎漆芸美術館へ書道展を見に。

芒・鶏頭活けて話をすべり易く

十月三日（木）　小学校以来の佐々木重次（東京外国語大学名誉教授・インドネシア語）と会う。五十年ぶり。辞典を貰う。

インドネシア語辞典に海猫《ごめ》のにほひして

十月四日（金）　長野へ。

おのが影に礼ふかぶかと案山子翁

十月五日（土）羽田から松山へ。「櫟」まつり。前夜祭を今治市大島民宿「名駒」へ。

瀬戸鯛の焙烙蒸や宵の秋

十月六日（日）「櫟」二十周年記念シンポジウム〈心を充たす〉。茨木和生・藤本美和子と。司会・江崎紀和子。

どんぐりの弾みて伊予も一茶みち

十月七日（月）　松山道後伊佐爾波神社祭。武田正案内。

魂《たま》振《ふ》りの競ひ神輿をぶつけ合ひ

十月八日（火）　紫陽花句会二十五周年記念会。

紫陽花の毬も稔りのときを得し

十月九日（水）　小野文雄和尚の土産。

真《ま》菰《こも》筍《だけ》食うべ世を去る順を言ひ

十月十日（木）　句会三つ。

猫の子の土管暮しや神の留守

十月十一日（金）句会二つ。岡谷へ。

公魚の笑ひ疲れの湖が澄み

十月十二日（土）柳田邦男七十七歳記念フォーラム（東大鉄門記念講堂）へ。

御巣鷹山《おすたかやま》のもみづる一葉一葉づつ

癒さるる土の湿りよ秋耕

十月十三日（日）「岳」三十五周年以後拡大代表者会。

秋の声遠眼差しの少女彫り

十月十四日（月）松本郊外朝日村美術館へ、同期生蜜波羅伸三展覧会を見に。

十月十五日（火）　松本市民文芸展（俳句）選。

今年藁選者虚心を見透かされ

十月十六日（水）　葉山の隈本家へ。

湯上りの子どものはだか爆発す

渡り鳥シーラカンスの黙深し

十月十七日（木）上野の国立博物館へ。シーラカンスは古生代以来の魚。

一遍の磯鶴と化せし朝

十月十八日（金）逗子海岸へ。

荒凡夫一茶芒に怖れなす

十月十九日（土）柏原一茶記念館で講演〈一茶と愣堂〉。

目を開くとそこが横浜雁仰ぐ

十月二十日（日）上京、「狩」三十五周年（横浜ベイホテル）。

ふと止まる電車老けたり芋の秋

十月二十一日（月）　横浜第一回カルチャー教室開講。

ぽこぽことところころに穴や火恋し

十月二十二日（火）　家居。

十月二十三日（水）講座「歳時記をたのしむ」。

葉生姜の紅肥後は師父の国

十月二十四日（木）講座一つと句会。故若月秀雄大人の口遊みし唄の一節をふと。

霜降やマラッカ海の十字星

十月二十五日（金）茅野の句会後上京。

発条《ばね》工場競ふ湯の町冬隣

十月二十六日（土）第五十回現代俳句協会全国大会（上野東天紅）。柳田邦男講演〈深く深く言葉の意味を追求して〉を聴く。

こすもすが人に期待をするは何

十月二十七日（日）「ホトトギス」一四〇〇号記念大会（品川高輪プリンスホテル）。稲畑廣太郎新主宰へ。

月明の刻をはなさず語部は

十月二十八日（月）家居。

なんと秋晴れどこへ片つぽの靴下

十月二十九日（火）　こまくさ句会。

古酒新酒歳月ひとを愛すべし

十月三十日（水）　軽井沢旧軽旅籠「つるや」へ徳子と投宿。

ギャラリーの主は狐狸か紅葉どき

荒地瓜這ひ出す晩霞記念館

十月三十一日（木）　軽井沢、追分を廻り東御《とうみ》市へ。

十一月

十一月一日（金）句会一つ。昼飯を安曇野へ。

猪が菊人形へ突つ込める

十一月二日（土）第三十九回国民文化祭やまなし吟行会へ。山廬、甲斐国分寺址など見学。

柚子みのる龍太山居の伽藍に似

滴りを慕ひ木の実の集まり来

十一月三日（日）「やまなし」大会。笛吹市スコレーセンター。

伴走に亡き師なき友落葉道

十一月四日（月）「岳」月例会、東京千駄ヶ谷日本青年館。わが誕生日。

十一月五日（火）家居。

縄飛びや地球ごつごつ廻りをる

十一月六日（水）句会二つ。午後諏訪湖畔を歩く。

菱の実の合掌誰も教へざる

十一月七日（木）句会二つ。

立冬やスープに潜《もぐ》る茎菜の具

十一月八日（金）第二十三回ドゥマゴ賞受賞恩田侑布子の祝に。松本健一と会う。渋谷東急文化村。

語部に身を揺すらるる神楽月《かぐらづき》

十一月九日（土）　句会二つ。『晩年様式集』（大江健三郎）を読む。「狐の茶袋」は埃茸のこと。

埃《ほこり》茸《だけ》地は生かすやら殺すやら

十一月十日（日）　小諸へ。「岳」東信地区指導句会。

溶《ラ》岩《バ》冷えのはじまる小諸根の町よ

十一月十一日（月）句会二つ。不意に師の夢。

夢の師が病後といひて虫の貌

十一月十二日（火）句会二つ。南島は台風。わが裏山の筑摩山地の紅葉が見事。

レイテ島台風下の少年泣きじやくる

十一月十三日（水）俳壇賞選考会（如水会館）のため上京。

西洋朝顔《ヘブンリーブルー》残り海鼠《なまこ》の町神田

十一月十四日（木）句会二つ。

生牡蠣を啜りとりとめなき夕べ

十一月十五日（金）　一茶論稿（三十六枚）書く。

手焙が欲しと青春気取りかな

十一月十六日（土）　立川へ。柄谷行人『柳田国男論』に感心する。

冬の茄子いまだ実をつけゐる衒《げん》気《き》

十一月十七日（日）句会二つ。一時より逗子海岸やぶさめ。よる八時四十四分、震度四の地震。

流鏑馬《やぶさめ》の汀蹴立てて冬はじめ

十一月十八日（月）「横山大観展」（横浜美術館）を見る。第一回横浜カルチャー教室満員。

宙を襖に大観の朦朧体

十一月十九日（火）家居。

小春日や北鎌倉の招き猫

十一月二十日（水）「岳」松本支部講演会、あと忘年会。佐渡より柿届く。

冬の柿拉致してなにがはじまるや

質草のもうなし唐辛子の葉摘み

十一月二十一日（木） 畑仕舞。

愁あるひとに鹿肉与へよと

十一月二十二日（金） 句会。富士見の狩人の射止めし鹿肉を貰う。

十一月二十三日（土）　第十回相馬御風顕彰ふるさと俳句大会のため大糸線を糸魚川へ。

野川みな急ぎ末枯とのはず

十一月二十四日（日）　市振、親不知へ。周知の地魚を家苞に。

良寛も沖《おき》の女郎《じょろ》とて好みしか

十一月二十五日（月）家居。よる句会一つ。

雑踏の汀にこころ社会鍋

十一月二十六日（火）「岳」長野支部講演会、あと忘年会。

磨き鰊食ぶとかならず骨ささり

乳の出を誘ふやさしさ烏瓜

十一月二十七日（水）講座「歳時記を楽しむ」。

寿《す》貞《て》の像結び難しよ棗の実

十一月二十八日（木）講座「芭蕉と現代」。

十一月二十九日（金）家居。校正稿多し。大分から臭橙《かぼす》（ゆずの一種）を貰う。

書を措くと灯ともし頃の臭橙《かぼす》の香

十一月三十日（土）名古屋へ。第十二回現代俳句協会東海大会講演〈一茶に学ぶ〉。あとロシア料理で懇談。

伊吹颪こよひボルシチまろやかや

十二月

わたつみへ鏡を投ず枯岬

十二月一日（日）「岳」月例会（松本）。若手メンバー参加。

野沢菜の覇気を鎮めて漬けにけり

十二月二日（月）句会二つ。午後菜洗い。

十二月三日（火）長野へ。夕方編集部有志忘年会（松本、菊の湯）。

白鳥を貫く時間疵だらけ

十二月四日（水）家居、一月号原稿書き。午後近くの丘に佇つ。

冬耕地階へ降りてゆくごとし

十二月五日（木）　諏訪句会二つ。芭蕉書簡を読む。

蕪汁熱きをわかちまさ・おふう

十二月六日（金）　句会一つ。原稿校正他。特別秘密保護法案国会通過の日。

浮寝鳥水やはらかに畳みゐる

十二月七日（土）長野へ。マンデラさん（南アフリカ元大統領）の死。

アフリカの大地が捧ぐ冬茜

十二月八日（日）講演〈地域に根ざした言葉〉（「信州古典研究所」玉城司設立記念・長野市）。

駈落ちの祖《おや》を戴く臘八会

浄瑠璃寺冬の蛹のまみどりよ

十二月九日（月）　奈良から京都へ。奈良泊。丸山貴史・公子夫妻と。

冬日向茶筌づくりの一屯

十二月十日（火）　奈良国立博物館見学の後、生駒市高山町へ。

臨済禅冬の松葉の踏み心地

十二月十一日（水）相国寺他めぐる。

藪養生はじまる頃か淀・嵯峨野

十二月十二日（木）句会三つ。

十二月十三日（金）　句会二つ。

絮とびし芒の空身憮然たり

十二月十四日（土）　家居。

出る釘は打たず深川牡蠣フライ

十二月十五日（日）　甲信地区現代俳句協会・諏訪へ酒造り見学。

酒蔵の雪吊りあそび縄多し

十二月十六日（月）　家居。

一献のことのはよろし新走り

十二月十七日（火）　こまくさ句会忘年会。

恋ざめや湯ざめ酔ひざめかぶさり来

十二月十八日（水）　松本、積雪十五センチ。立川から上野へ。忘年会。

しんしんと大気を綯へる雪降りは

茅ヶ岳霙残りの靄が巻き

十二月十九日（木）東京から「あずさ」、車中吟、松本へ。

雪襲ひくる狐みち狸みち

十二月二十日（金）茅野へ。

十二月二十一日（土）　立川へ。有手勉句集『新樹光』上梓祝。

初句集持つは猟男《さつお》に他ならず

十二月二十二日（日）　東京句会二つ。

冬至南瓜打たれ強いといはれきし

十二月二十三日（月）　孫愛が連弾（逗子文化ホール）。午後横浜へ。

連弾や冬芽の苞を脱ぎかけし

十二月二十四日（火）　家居。

梟のうしろ梟共和国

牛丼屋ばかり坂町年詰る

十二月二十五日（水）講座「歳時記を楽しむ」。

鱈ちりや貧しき父を責め通し

十二月二十六日（木）講座「芭蕉と現代」。

十二月二十七日（金）次男一家仙台より松本へ帰省。

大根より考へ深き牛蒡かな

十二月二十八日（土）「岳」（新年号）発送。歳晩ぎりぎりに松採りに。

波切りの石が弾みて松迎

十二月二十九日（日）　家居。

年用意山河に加減なかりけり

十二月三十日（月）　庭木の剪定など少々。松本丸善へ本を見に。

茶柱は茶碗が宇宙小晦日

十二月三十一日（火）　大家族の年越。

紙の剣子がたたかはす年の夜

草泊　畢

あとがき

俳句には前書がいらない、あってもできるかぎり最小限にということを不文律にしてきた者にとって、前書を付すことに戸惑いがあった。が、むずかしいといわれてきた俳句がわずかな前書で理解できてうれしいなどといわれると、また戸惑い、苦笑いをしながら、長い俳句人生にはこんな句集もまた楽しからずやという気持で一年間が過ぎた。本阿弥書店の本阿弥秀雄さんや担当の黒部隆洋さんにはお世話になり、本にしていただきお礼を申しあげたい。

私の創作は集中して多作の方なので、一日一句風な律儀な作り方は慣れるまで硬くなったが、これも呼吸と同じだと悟るような気持になると想像も交え愉しい業であった。考えたことは常に明日への「窓」が一句にほしいと思いながら作り続けたことである。一日一句の完結を考えながら、どこかに明日への破れ、未完の思いを残したい。こんな矛盾を自分で仕掛けながら、平凡な日常に潜む、思いがけない深みを覗きたい。思いだけは贅沢なことを持ち続けた一年であった。

句集名『草泊』は黒部隆洋さんの発案である。

子の家も星に近きか草泊

近年訪ねた阿蘇の草泊での印象がどこかにあった。広野の草を刈りながら、草野に泊まる。その小屋にしばらく身を横たえて、星空を幻想した束の間の体験には「地貌季語」などと四十年近くいい続けている者には適わない憧れがあった。今は周知であるが、「草泊」も地貌季語のひとつであった。

句集『草泊』は私の第十一句集にあたる。

平成二十七年（二〇一五）四月

宮坂　静生

草泊／季語索引

〔あ〕
青葦 97 118
アオガエル 162
青黴 134
青山河 133
青木賊 109
青葉木菟 83
青葉闇 79
青松虫 157
皹 12
赤富士 82
秋 158
秋来る 143
秋の雲 154
秋の声 175
秋の宙 159
秋晴れ 182
秋彼岸 162
秋深む 169
明易し 110
あさぎまだら 164
紫陽花 172
甘茶仏 64
新走り 212

〔い〕
凧 30
柞の実 146
磯鴨 177
稲の穂 151
伊吹颪 201
いぶりがつこ 17
芋の秋 179
芋棒 72
色鳥来 141

〔う〕
植田寒 98
浮寝鳥 207
鶯 62
牛蛙 145
薄氷 29
姥百合の実 155
梅酒 109
梅の実 120
末枯 198
瓜 184
瓜苗 86
雲海 85

〔え〕
暍 124

〔お〕
大杉忌 158
沖の女郎 198
送火 140
獺祭 87
落葉道 188
囮鮎 128
踊り子 141
鬼薊 161
朧 54
御神渡 22
面輪板 136
オリーブの実 161

〔か〕
案山子 170
ががんぼ 88
牡蠣 193
牡蠣フライ 211
神楽月 190
風車 35
風祭 155
かたつむり 91
兜虫 142
蕪汁 207
臭橙 201
南瓜の花 117
神の留守 173
烏瓜 200
雁 178

榠樝の実 154
枯れ 27
枯銀杏 19
枯岬 205
蛙 71
寒猿 12
寒稽古 18
寒土用 19
寒参 21

〔き〕
菊人形 187
きさらぎ 32
雉子 68
木の根明く 33
霧 160
銀やんま 126

〔く〕
九月尽 165
草団子 69
草泊 128
蜘蛛合はせ 143
栗 151

〔け〕
夏至 107
蚰蜒 94
月明 182
螻蛄 139

〔こ〕
恋猫 36
鯉幟 80
河骨 165
蝙蝠 123
凍る 9
古酒 183
こすもす 181
コスモス蒔く 39
小晦日 219
今年藁 176
木の実 188
木の芽どき 44
小春日 196
海猫 170
鮃 88
ころころ 142

〔さ〕
囀 39
さくら 64
桜隠し 66
桜鍋 34
笹起きる 67
猟男 215
ざらめ雪 10
三鬼忌 61
山椒の実 153

〔し〕
望潮 70
鹿 156
四月 65
鹿肉 197
茂山 103
猪 153
滴る 111
七月 115
信濃太郎 89
霜折れ 14
社会鍋 199
芍薬 99
石鹼玉 53
秋耕 175
秋色 159
ジューンベリー 104
淑気 15
春興 63
春月 55
暑 147
生姜 127
昭和の日 75
暑気 105
治聾酒 69
代田 80
新樹 125

〔す〕
西瓜畑 127
杉菜 56
芒 169 178

芒の絮 211
酢橘 138

〔せ〕
雪田 16
蟬 115
剪定 33

〔そ〕
霜降 180
卒園 50
蘇鉄の花 116

〔た〕
大寒 20
大根 218
台風 192
台風圏 157
鷹戻る 90
筍 57 75
立子忌 44
七夕 136
種桶 52
玉葱 123
鱈ちり 217

〔ち〕
蝶 49

〔つ〕
月 160
月夜茸 145
霾る 40
躑躅 73
角組む葭 47
燕 49
梅雨 100 107
露 146 163
梅雨明け 117
氷柱 23
鶴 105

〔て〕
手焙 194

〔と〕
唐辛子 197
冬耕 206
冬至南瓜 215
年詰る 217
年の夜 220
年用意 219
屠蘇 9
蕃茄 130
鳥威し 156
鳥帰る 47
どんぐり 171
どんど焼 15

〔な〕
苗木 101
苗木市 124
茄子 102
茄子苗 86
夏 102 125 129 135 148
夏暁 97
夏雲 120
菜漬ける 205
夏さぶ 129
夏闌く 134
夏念仏 106
夏の朝 119
夏の雨 126
夏の月 93
棗の実 200
夏料理 85
蛞蝓 92
縄飛び 189

〔に〕
虹 99
西日 106
二の替 37
入学 62
銀魚 87

〔ね〕
猫の子 51
合歓 121

〔の〕
凌霄 122
野焼き 36
のりうつぎ 138

〔は〕
敗戦日 140
白鳥 206
葉生姜 180
はだか 176
斑雪嶺 48
八朔 133
蟋蟀 152
初虹 13
初音 14
花 63
花の内 18
花火 108
花冷え 58
薔薇 103
針供養 31
春 34 45
春一番 30
春立つ 28
春颱 46
春隣 27
春の磯 50
春の蚊 72
春の雲 38
春の鷹匠 57
春の鳥 53
春挽糸 73
春まだき 10
春夕焼 70
鶲の子 116

〔ひ〕
日脚伸ぶ 32
冷え 191
彼岸西風 38
蟇 110
火恋し 179
菱 118
菱の実 189
火取虫 101
向日葵 137
冷し酒 144
ヒヤシンス 51
日除 100
昼寝 122

〔ふ〕
風邪 21
風船 20
鱶 121
蕗の葉 104
鰒 52
梟 216
袋掛け 135
襖 195
葡萄 163
踏絵 71
冬茜 208
冬隣 181
冬の柿 196
冬の蛹 209
冬の茄子 194
冬の松葉 210
冬はじめ 195
冬日向 209
冬芽 216
冬休み 22
冬山 23
プルーン 152
古草 61

〔へ〕
蛇の大八 74
西洋朝顔（ヘブンリーブルー） 193
遍路 55

〔ほ〕
芳草 68
菠薐草 40
埃茸 191
星鴉 92
螢火 90
盆の入 139

〔ま〕
まくなぎ 93
真菰筍 173
松茸 164
松葉牡丹 147
松迎 218
蝮草 82
豆打ち 28

〔み〕
磨き鰊 199
神輿 172
水澄む 174
霙 214
深雪 17

〔む〕
六日年 11
麦刈り 98
虫 192
睦月尽 24

〔め〕
メーデー 79
芽吹き 56
芽吹き靄 67
メロン 108

〔も〕
木蘭 66
紅葉どき 183
もみづる 174
桃 137
桃の花 65
桃嫩葉 83

〔や〕
灼くる 119
夜叉五倍子 91
藪養生 210
山ざくら 81
山火 46
守宮 144

〔ゆ〕
夕焼雲 89
雪 213 214
雪茜 16
雪形 74
雪晒し 43
雪代 48
雪吊り 212
雪ねぶり 37
雪見酒 29
湯ざめ 213
柚子 187
百合 84

〔よ〕
宵の秋 171
夜ざくら 54
読始め 11

〔り〕
立夏 81
立冬 190
流氷 43
林檎 45

〔ろ〕
臘八会 208
六月 111

〔わ〕
わかさぎ 13
渡り漁夫 35
渡り鳥 177
侘助 31
蕨狩 84

著者略歴

宮坂静生（みやさか・しずお）　本名・敏夫

昭和12年（1937）11月４日　長野県生まれ
俳誌「岳」主宰
句集『全景宮坂静生』（第９句集まで収録・花神社　平成20）・『雛土蔵』（角川書店　平成23）
著書『子規秀句考』（明治書院　平成８）
『俳句地貌論』（本阿弥書店　平成15）
『語りかける季語　ゆるやかな日本』（岩波書店　平成18）・
『ゆたかなる季語　こまやかな日本』（岩波書店　平成20）・
『季語の誕生』（岩波新書　平成21）・『ＮＨＫ俳句　昭和を詠う』（ＮＨＫ出版　平成24）ほか
第45回現代俳句協会賞、第１回山本健吉文学賞、第58回讀賣文学賞、第21回信毎賞ほか
信州大学名誉教授、現代俳句協会会長

現住所　〒399-0025　長野県松本市寿台4-5-3

句集　草泊《くさどまり》　俳日記 2013

2015年６月６日　発行

定　価：本体2800円（税別）

著　者　宮坂　静生

発行者　本阿弥秀雄

発行所　本阿弥《ほんあみ》書店

東京都千代田区猿楽町2-1-8　三恵ビル　〒101-0064
電話　03(3294)7068(代)　振替　00100-5-164430

印刷・製本　日本ハイコム株式会社

ISBN978-4-7768-1176-3（2896）　Printed in Japan